Le petit bonhomme de pain d'épice

Un conte de la tradition raconté
par Anne Fronsacq
Illustrations de Gérard Franquin

Père Castor ▪ Flammarion

© Flammarion 1999 pour le texte et l'illustration
© Flammarion 2001 pour la présente édition – ISBN : 978-2-0816-6468-5

Il était une fois un petit vieux et une petite vieille
qui habitaient une jolie maison tout en haut d'une colline.
Le petit vieux aimait jardiner dans son jardin.
Il cultivait toutes sortes de légumes
et passait de longues heures à les regarder pousser.
La petite vieille, elle,
aimait travailler bien au chaud dans sa cuisine.
Chaque jour, elle confectionnait pour son époux
de délicieux gâteaux.

Ce matin-là, elle décida de faire
une surprise au petit vieux.
Elle réfléchit un moment
puis se mit à travailler sa pâte.
Bientôt, sous ses doigts habiles
et agiles, apparut
un beau petit bonhomme
de pain d'épice qui souriait.

Ses yeux étaient deux raisins secs et sa bouche une cerise.
La petite vieille plaça sur son habit
des boutons en sucre candi et lui fit
un chapeau en sucre d'orge de toutes les couleurs.

Puis elle mit le bonhomme de pain d'épice à cuire au four
et s'assit sur sa chaise à bascule pour se reposer.

La petite vieille somnolait
quand elle entendit tambouriner
à la porte du four.

Elle se leva
et ouvrit le four pour voir
si le petit bonhomme
de pain d'épice était cuit.

6

Il devait l'être car il lui fit un clin d'œil
et d'un bond sauta hors du four, traversa la cuisine
et s'enfuit par la porte ouverte.

– **Arrête-toi !** lui cria la petite vieille
en courant derrière lui.

Le petit bonhomme de pain d'épice arriva dans le jardin
où le petit vieux soignait ses salades.

– **Arrête-toi! Arrête-toi!** cria le petit vieux,

alors que le petit bonhomme de pain d'épice
franchissait déjà la grille du jardin.

Le petit vieux abandonna son arrosoir
et se lança, lui aussi, à la poursuite du fugitif.

– Courez, courez tant que vous voudrez.
Jamais vous ne m'attraperez !

cria le petit bonhomme de pain d'épice.

Au détour du sentier, il passa devant
un chat gris perché sur une barrière.
– Arrête-toi! **Arrête-toi! Arrête-toi!** cria le chat.

Mais le petit bonhomme de pain d'épice
se mit à rire et lui répondit:
– **Cours, cours** tant que tu voudras, tu ne m'attraperas pas!
La petite vieille et le petit vieux ne m'ont pas eu.
Tu ne m'auras pas non plus!

Et il continua de courir de plus belle,
suivi de la petite vieille, du petit vieux et du chat gris.

En traversant un pré, il rencontra
une vieille jument qui broutait tranquillement.
– **Arrête-toi ! Arrête-toi !** cria la jument.

Mais le petit bonhomme de pain d'épice
rit à nouveau et répondit :
– **Cours, cours** tant que tu voudras,
tu ne m'attraperas pas !

La petite vieille, le petit vieux, le chat gris
ne m'ont pas eu.
Tu ne m'auras pas non plus !

Et il continua à courir de plus belle, suivi du petit vieux,
de la petite vieille, du chat gris et de la vieille jument.

Quelques instants plus tard, il rencontra un petit garçon et une petite fille qui marchaient sur la route.

– **Arrête-toi ! Arrête-toi !** cria le petit garçon.
– **Arrête-toi !** Arrête-toi ! cria la petite fille.

Mais le petit bonhomme de pain d'épice
se contenta de rire en leur disant :
– Courez, **courez** tant que vous voudrez,
jamais vous ne m'attraperez.
La petite vieille, le petit vieux, le chaton gris
et la vieille jument ne m'ont pas eu.
Vous ne m'aurez pas non plus !

Et il continua de plus belle, suivi du petit vieux
et de la petite vieille, du chat gris, de la vieille jument,
du petit garçon et de la petite fille.

Un peu plus loin, dans une prairie,
le petit bonhomme de pain d'épice aperçut
une vache noire et blanche qui ruminait au soleil.
– **Arrête-toi ! Arrête-toi !** lui cria-t-elle.

Mais le petit bonhomme de pain d'épice
se mit à rire et lui répondit :

– **Cours, cours** tant que tu voudras, tu ne m'attraperas pas !

La petite vieille, le petit vieux, le chat gris,
la vieille jument, le petit garçon et la petite fille
ne m'ont pas eu. Tu ne m'auras pas non plus !

Et il continua de courir de plus belle,
suivi de la petite vieille et du petit vieux,
du chat gris, de la vieille jument,
du petit garçon, de la petite fille
et de la vache noire et blanche.

Mais tous étaient épuisés, à bout de souffle.

Soudain, le petit bonhomme de pain d'épice
se trouva devant une rivière large et profonde.
Comment allait-il faire pour la traverser?
Il ne voyait ni pont ni passerelle.

Un renard roux surgit de derrière un buisson.
– Grimpe sur ma queue,
dit-il au petit bonhomme de pain d'épice,
et je te ferai passer la rivière bien au sec.

Aussitôt, le petit bonhomme de pain d'épice
sauta sur la queue du renard roux
et ils commencèrent la traversée.

21

Le renard nageait vite et bien
mais l'eau montait.
– Saute sur mon dos
si tu ne veux pas être mouillé,
petit bonhomme, conseilla
le renard.

Et le petit bonhomme de pain d'épice
sauta sur le dos du renard.

Et ils continuèrent la traversée.

Mais l'eau montait encore.
– Saute sur ma tête, petit bonhomme,
dit le malin renard.

Et le petit bonhomme de pain d'épice
sauta sur la tête du renard,
mais l'eau montait, montait toujours.
– Saute vite sur mon nez ! cria alors le renard.

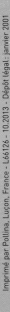

Et le petit bonhomme de pain d'épice
sauta, mais jamais il ne retomba
sur le nez du renard.
Le renard l'avait avalé.

N'est-ce pas triste ?
Mais après tout, le pain d'épice
n'est-il pas fait pour être mangé ?

Imprimé par Pollina, Luçon, France - L66126 - 10.2013 - Dépôt légal : janvier 2001